토포포엠topopoem

그 섬

토포포엠 topopoem

그 섬

차순정 그림 · 이민호 시

북치는소년

너른 들판 속 자화상

장욱진은 전후에 자신을 길에 가져다 놓았다 황금 들판에 붉은 길을 뒤로하고 서 있는 그가 외롭지 않은 건 검은 새가 구름을 뚫고 날아가고 있었기 때문이다 한 마리 강아지도 그를 따르고 있었다

카스파르 프리드리히는 낭만주의 시대에 자신을 산 정상에 올려놓았다 안개 바다 속에서 의연했던 건 발아래 세상을 내려놓고 처연히 바라보는데 고요가 같이 했기 때문이다 더는 앞으로 나서지 않았다

들판에 홀로 서 있어도 무섭지 않다

프롤로그 너른 들판 속 자화상

1부

/

보이지 않는 섬

바람이 전하는 말

그 사람 어디 갔을까
낡은 집들이 기울어지며
속삭인다
충청도에서 기지촌까지
스며든 여자는

버림받기 위해
높이 쳐든 손
누군가 잡아 주었다고
묻지 않아도
금 간 벽 사이
바람이 전하는 말

동두천 보산역 뒤편

수원 화성

화성 금등지사金縢之詞

1793년 12월 8일 그는 한가로움이 가득한 언덕에 올라 먼 아래 사람들이 숨죽여 기어 다니는 듯하지만 서로 부딪치지 않고 잘 알아서 자기 행로를 열어 나가는 발걸음 소리 한참을 내려다보더니

아름답게 지으라.
했다

이듬해 정월 버들잎 아로새긴 벽돌이 놓이고 몇 차례 무너지기는 했지만 아예 허물 수 없는 시정詩情을 남겨 주었다

백칠십 년이 지난 다음 날 누군가 화홍문을 지나 행궁까지 가서 미로한 정未老閒亭 편액 한 글자 한 글자 깜깜할 때 빛나는 썩은 버드나무 가지 사이로 비쳐 보았다

고향 집 앞마당에 핀 식구들

상처 입은 어린 씨앗 울타리에 심으면
나팔꽃 피고
가을에 묻어 놓고 겨울 지낸 이야기 터져 나오면
왕고들빼기 웅성거리고
맺힌 마음 풀지 못해 서성거렸던 길목 양지바르면
까마중 마중 나오네

묵정밭에 망초 일어서듯
명아주 톱니 물고 물결치듯
질경이 밟히는 길
곧
봄이야

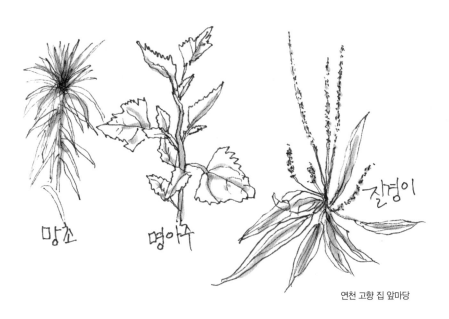

망초　　명아주　　질경이

연천 고향 집 앞마당

팔당호 빈 배

아무렇게나 내버려 두면
어디론가 흘러가
되는 대로 살면 그만
돛대도 삿대도 없이
한순간 모질던 마음
눈 떠 보니
어디든 가닿자고
두려움 없이 나섰던
심중 푯대
아직 푸르다
강물은 흐르고 있다

고향 집 뒷마당 처마 밑

연천 고향집 뒷마당에 내리는 비는 고구려와 신라를 오가던 한탄강 재
두루미 검은 날개깃을 적시다 임진강 기슭에 부려 놓은 한숨

일 년에 한 번 포탄 사격장에 가는 날은 죽을 맛 능선을 타고 쉼 없이 올
라가는 길에 내렸던

주둔지와 교도소와 공동묘지 담장에 버려진 것 같은 잡동사니에 내리는

비 그치면 뚫고 일어서는 개망초

연천 고향 집 뒷마당

가난 체험

난 피사체
쪽삶 한 장 한 장마다
금 간 얼굴이 박혀 있네
하룻밤 만 원이면 된다는
쪽방 골목길을 기웃대며 걷다
전지적 시점으로 셔터를 누르면
매장됐던 바다가 파도를 일으키며
고양이 울음소리 성좌를 이루네
영미 다리 아래로 청계천은 흐르고
구정물 속에서 솟아오른 낮달이
왕십리 하꼬방 지붕 위에 떠오르곤 하네
가난이 풍경이라니
케냐 열여섯 오데데야
너는, 나다
서글픈 포르노그래피

인천 괭이부리 마을

무의도 꽃며느리밥풀에 대한 명상

『며느리 밥풀꽃에 대한 보고서』를 읽고서 현장으로 가야겠다 다짐했지만 수줍음 때문에 돌아서고 말았지 광장 한복판에 서서 결백을 밝힐 만큼 마음 붉지 못하니 서해 어느 섬에라도 가서 보이지 않는 춤이라도 추면 될까 부끄러워 수줍어하는 것이 아니다. 조선 총독부가 있을 때 눈먼 어버이 생일이라고 십 전짜리 동전 두 개를 내보였던 손바닥 위 한결같은 고요 때문이지

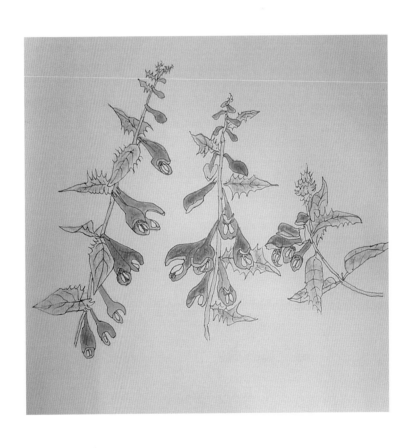

무의도 며느리밥풀꽃

새해 처마 밑에

슬픔만 걸어 놓은 것은 아니다
분노만 걸쳐 놓은 것은 아니다
이 겨울 내내 설설 끓는 아랫목
이불 속 청국장 진 비치도록
앓아누울 작정이다
시래깃국 끓여 콧물 눈물 흘리며
조 수수 오곡밥 든든히 채우고
담벼락에 쏟아지는 햇살 받으며
남은 것들
형편없는 것들
다 모아
한판 걸어 보겠다

연천 고향 집 담벼락

강화군 교동면 대룡리 시장

교동 청춘가

외포리에서 석모도로 가려다
교동으로 향하는 마음 한구석에
모두들 몰려갔을 석양이 이제 아름답지 않다
더 이상 눈썹 아래 새겨 둘 얼굴도 없으니
시장통에 끼어 허름한 시절이나 곱씹고 말겠다는
축배의 노래
끝나면 서둘러 돌아가는 해걸음인데
그래도 무릅써야지
또 다른 마음이 열리고
무너진 제비집 가득 채울
붉고 여린 아가리 거둘 모정
곧 소금 바다 건너
어김 없이 온다고
명창 소리 낭창하다

경기도 남양주

고당古塘 고백

어떻게
고백 한 번 없이 우리는
끝났을까
어떻게 하면
한번도 사랑하지 않고
아직도 사랑하는가
한번만 한 번만
마지막
한 번만 한번만
고백할 수 있다면
옛 연못가에서

변방에 우짖는 새

바람이 불면 삐라가 뿌려지던 기억을 주어 파출소에 가져다주면 지금도 연필 몇 자루와 공책 받아 들고 풍선처럼 부풀 수 있을까

미군 탱크 행렬이 남기고 간 굉음에 악다문 어금니가 흔들리고 헬리콥터가 지나간 하늘에 긴 방어벽이 쳐진 이후 지금은 문 닫은 북진교 건너기 전 장마루 미군 전용 클럽 라스트 찬스에나 가볼까

옷 가게와 신발 가게와 방앗간과 세탁소와 미용실과 작은 식당 옆 메트로 홀과 럭키 바와 DMZ 홀과 블루문 홀과 엔젤 클럽을 드나들던 미군이 떠나고 과부와 양공주와 양색시와 유엔 마담과 히바리와 주스 걸이 고아와 하우스보이와 펨프와 구두닦이와 심부름꾼과 장마루촌 이발사가

지금도 붉은 혀를 가진 아이들과 서로를 돌보고 있을 것만 같은 사제도 성찬도 없는 공터에서

파주 장파리

받기 어려운 그 선물

우리 마음에도 곧 눈이 내릴 겁니다 누군가 쫓기듯 문 열고 들어서는 뒷모습을 나뭇가지 위에 쌓인 눈덩이만 무겁게 지켜 보지는 않았을 겁니다 새롭게 문이 열리자 누군가 고통 끝에서 내려와 갈리리 호수를 건너듯 멀어졌다는 것을 아무도 보지 못했을 리 없다고 부러진 가지 사이로 새들의 발자국이 온통 하얗게 눈부십니다 그래서 이제는 그 누군가 함부로 용서하지 않을 겁니다

천안 공세리 성당

2부

/

사
라
진

섬

해방촌 골목

묶인 목숨은 언제나 간당간당하다
내려설 수도
올라갈 수도
없는 계단
하늘을 가르는 기적이 있어야
마침내 통곡의 벽 앞에 설 수 있다
아직은
때가 아니다
얽힌 신발 끈 풀어 주고
고요히
몸 눕힐 때까지

용산 해방촌

이대역 오 번 출구

눈부신 오 월
최루탄이 날아들고
축제는 끝났다
쫓기고 쫓기다
막다른 골목
이리 와요
먼동이 틀 때까지
놓지 않은
처음 잡은 손
인생은 끝나지 않았다
풀리지 않는 조합
이제
떨림은 없다

마포구 대흥동

용산 한강로 골목

용산 방앗간

기찻길 옆 오막살이 옆
아기 잘도 자는
엄마 손 굵은 마디 옆
배고픈 바람
백설기 모락모락 김 오르는 옆
참기름 냄새 이끌려
한참 지난 어느 날
귀신처럼
그 옆에 섰다

바람산 가는 길

신촌 지나 창내가 흘렀다는
물줄기 광흥창으로 가
서강에 닿았다는 애기
들어본 적 없다
뒤의 것은 잊고 앞을 향해 손을 뻗으라
성인의 말이 쟁쟁하여도
허물어진 계단은 시작과 끝의 여정
밟고 밟아 바람 앞에 섰다
저 아래
헤매고 다닌 골목 골목길이
핏줄 속에 가득하다
끝인 줄 알았는데

바람이 분다

서대문구 창천동

백빈 건널목

용산 땡땡 거리

땡땡

여섯 시 넘어 덕소행 경의선 기차가 지나가고

잠깐 흔들렸던 몸

차단기가 오르면

역무원 수신호를 따라 흐르는 철길 가로질러 간다

미군이 주둔지를 찾던

징용 노동자들이 끌려가던

일본군이 침략 첫걸음을 내딛던

조선 궁녀 귀밑머리 하얗게 세던

더블 백 짊어지고 어딘지 모를 306 보충대로

실려 가던 캄캄한 땡땡 소리

건너

간판 없는 막걸리집에 앉았다

아현동 굴레방 다리

여기가 굴레방 다리 맞는지요 신촌에서 넘어오는 길 고가 도로가 있었는데 군대 막 가기 전 낄낄대며 몰려갔다 쫓겨난 음침한 다리 밑은 어딘가요 안산에서 뜨는 해처럼 잠깐 머물렀던 청춘 다 걷어 내고 벗어 놓은 굴레 사라졌는데 아현동 네거리에 멈춰 선 세월 어디로 가야 하나요

서대문구 북아현동

51

새남터 약속

　나는 남명혁입니다 김대건 안드레아 어린 양이여 나는 명혁 다미아노
입니다 나를 주려고 온 사람들이지요 세상에 홀로 쓸쓸하지만 아무도
모르게 쓸려갈 것이지만 어디선가 우리 만나 가난한 사람들과 복된 얘기
나누자고 기약한 일 없지만 오래전 지켜진 약속입니다

새남터 성당

마포구 신수동

서강 시네마 천국

서강 노가리 주인은 신촌 로터리 나이트클럽 우산 속 뒤편 골목 진성
호프 아줌마가 분명하다 학생증을 받아 주다 문 닫고서 징그럽다 옮겨
갔다는 소문

이끌리는 대로 내버려두면 발길은 어느새 막걸리에 걸리 자구가 걸리
적거려 바람에 떨어진 막집으로 향하고 그래도 모자라 다시 언덕 내려와
건너편 사랑채로 가서 밀주로 지새운 아침

육교집에 출석하지 못함을 탓하며 학교 정문 일심라면으로 속 다잡고
후문 대흥 극장으로 간다 눈먼 알프레도와

서강물은 순렛길을 좇아 흐르지만은 않았다

애오개 유리창

이곳은 서소문 밖
아이가 죽으면 넘던 고개
더는 가지 못해
고운 폐혈관이 찢어진 채
별이 되었던
말러의 죽은 아이를 추모하는 노래가 부딪쳐
칭얼대는 유리창
종삼은
하늘나라에선
자라나면 죄 짓는다고
자라나기 전 데려간 것이라
살아가며 만지작거리는 별리
지우고 보고 또 지우고 보고 있을
우리 지용
차고 슬픈 것

서대문구 충현동

용산 효창 공원 역 뒷골목

사라진 미소

만리동 고개 넘어가려 했는데
무슨 마음에선지 발길 돌려
아래로 내려간다
기욤 아폴리네르는 모나리자를 훔치지 않았다
그런데도 마리 로랑생은 그를 버렸다
카미유 끌로델과 가브리엘레 뮌터와 프리다 칼로와
건들대며
로댕과 칸딘스키와 디에고 리베라와
헤어지려고
효창 공원 뒷골목으로 간다
한동안 삼각지에는 갈 수 없어
아나키스트 백정기와
지워진 이름들을 호명하며

분장동粉場洞 시인의 가르침

간밤 꿈에

만리재 아래 도성 안 똥통을 지어다 뿌린 채소밭

그쯤에 살았던 미당을 만났는데

내 밥그릇에 껌을 뱉고 가더이다

에이 더러워서 너나 씹어라 하는 양으로

나도 더럽기는 마찬가지

깨어 보니

가이샤에 것은 가이샤에게

시인의 것은 시인에게

그런 말이 쟁쟁하여

미당의 수제잔걸 굳이 버리지 않는

시 선생에게 첫 시집 꾸러미를 들고

가든 호텔 뒤편으로 찾아갔던

설움도 징징거려

에덴 화원 해바라기 한 다발 사 들고

올데갈데없어

공덕 시장 족발집에 앉아

낮술 핑계를 대었느니

마포구 공덕동

마포구 대흥동

칼국수 가게 건너편 대흥동 연구실을 나오며

연휴 끝물에 만화 영화 한 편을 보았습니다 양쪽 날갯죽지 밑에 병아리 한 마리씩 품고 앉은 후줄근하니 지친 수탉처럼 아이들을 양팔에 하나씩 끼고서 졸다 깨다 하며 생쥐가 주인공으로 나오는 영화 라타뚜이La Ratatuille를 보았습니다 만화 영화치고는 제법 괜찮은 구석이 있더군요 계몽적인 티가 없지는 않지만 깜빡 졸음을 몰고 가는 이상한 말들이 담방담방 물수제비를 튀기며 번뜩 나타났다 휘리릭 사라지곤 했습니다 그중에서 마음 구석에 오래도록 남아 윙윙 팔매를 치는 것이 있는데

새로운 것에는 친구가 필요하다.
입속에서 이리저리 굴리다가 슬쩍 바꿔 두어 마디 붙여 봅니다

친구가 필요하면 새로운 것에 마음을 써라.

칼국수 한 그릇 후루룩 비우고
서둘러 낯익은 것과 결별합니다

3부

/

꿈꾸는 섬

충북 영동군 황간면

영동 황간

아무 할 일이 없을 때였다
영주는 종착역
부석사 가는 길
이제 그만하자고
갈 길이 막혔을 때였다
어느 쪽인지 모르게
우회하고 우회하다
무심코 내렸던
간이역
다방 한구석에
자욱했던
먼지구름

주문진 가오리

피아니스트 임동혁은 다람쥐
바로크 음악의 정수는 그의 입모양에 걸려 있다
도토리를 잃어 세상 종말 같은
표징은
주문진 어물전 처마에 걸려 있는
가오리
온몸에 박혀 있다
저들의 깊은 신음
객석에 앉아 들으려면
은 서른 개
값을 치러야 한다

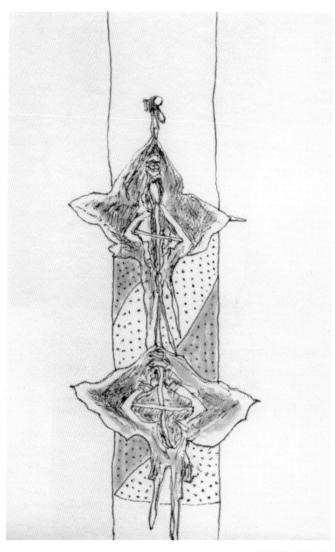

주문진항 건어물 가게

추암 촛대 바위

삼척에 가야 볼 수 있는 사람이 있는데요
지나쳐 동해로 가면 더는 만날 수 없을 것 같아
무릉계곡으로 두타산으로 청옥산으로
끝끝내 망상까지 가서야
후회한다는
추암 앞바다에 가야
그 사람을 볼 수는 있는 건지 없는 건지
해금강 뺨친다는 해돋이는 볼 생각도 없이
그 사람 눈에 비치는 촛불만 보다 돌아오는 길
하나도 무섭지 않았는데요
어두울 때마다
등대로

강원도 동해 추암 해변

충북 단양

단양 사인암

청춘에 속았다
사랑받기 위해
굴욕쯤은 참을 수 있다
등 떠밀던 바람
유혹은 더 이상 없다
발아래
운계천이 흐르고
곧 무너질 책 더미
꼭대기 소나무
푸르게 푸르게
늙어 간다

주문진항

주문진 진또배기

슬프고도 애달픈 마음을
어느 시인은
깃발이라 했는데
항구에
하늘을 뒤덮은 마음은
꼭 돌아오겠다는
반드시 돌아와 달라는
새벽 약속
바다로 나가는 일은
전장에 나가는 일은
하루를 살아가는 일은

석항 트루바두르

기차는 끝내 오지 않았다
석항에 내리지 않을 사람을
하염없이 기다리다
가라앉았다가 다시 솟구치는
산자락을 바라보며
폐광을 빠져나온 불빛 도깨비들을 따라
통속에 물들어 간다
하늘을 우러를 수 없어
그늘진 얼굴로 사라지는 방랑과
하룻밤을 지내고
다시 부르는 파스토렐라
허름한 여정

*트루바두르는 중세 유럽의 음유 시인
*파스토렐라는 양치기 소녀를 유혹하는 노래

강원도 영월군 석항역

경북 문경

선유동천仙遊洞天

　이루지 못한 꿈이 오늘도 새재를 넘지 못했다는 전언이 왔다 다산茶山이 걸었던 길도 그랬다고 눈 덮인 칡덩굴에 붙어 있는 마른 잎이 흔들린다 굽이굽이 눈물 난다는 진도 아리랑 노랫가락은 저 남쪽 끝에서도 들리는데 문경閩慶, 기쁜 소식은 들리지 않는다 베를린 촌놈 벤야민이 가장 사랑했던 오페라의 유령이 서성거리다 종말의 아우라를 향해 간다 지쳤는가 이제 선유동천 계곡에 비는 내리고 복음 전할 자기 신의 이름을 모르는 사도가 아닌가

　나는, 나다

정선 라라랜드

카지노 호텔 창문으로 내려다보는 사북 읍내
사람이 보이지 않는다
아직도 몽상의 문은 열리지 않았다
꿈꾸는 사람들은 어디로 갔는지
사색에 지쳐
별은 반짝이지 않는다
사 월은 잔인한 달
한 무리 검은 사람들이 하얗게 눈만 내놓은 채
뭉게구름 꼬리에 꼬리를 지어
검은 산 비탈길을 오르다 읍내로 길을 여는 아우성
텔레비전 앞에서 숫된 눈동자는
저 남녘에서 밀려오는 피 냄새와
아이들을 찾는 조명탄 소리에
저당 잡히곤 했다

강원 정선군 사북읍

봄눈 내린 어느 날

삼 월에 아닌 봄눈이 내린 날
들 저쪽 나지막한 산에서 노루 한 마리가 내려왔다
황태 덕장 너머 눈밭을 겅충거리며
갈 길 잊은 듯 멀뚱
나뭇가지에 간신히 매달린 눈꽃이
곧 눈보라를 일으키리라
잠시 배고픔 잊으라고

대관령 횡계에는
부녀회 할머니들 서둘러 함박꽃 모였다
눈은 다 녹고
언제 그랬냐는 식으로 세월은 가고
옛날은 남아
허기지다

대관령 횡계리

경북 봉화

분천 하이디의 다락방

산타 마을에 산타가 없다는 건
몽유에서 깨어난 후부터 알았다
동해안을 따라 내려오는 기차를 탄 건
그리움이 사라진 이후
분천역에서
알프스 마이엔펠트역으로 가는 기차로 갈아타고
알름 할아버지 품으로 가야 한다
무엇이 맺혔는지
밤마다 떠돌았던 유년
알프스 소녀 하이디가 손짓하는 언덕에서
염소들과 뛰어놀다
노을과 인사하고
나뭇잎 사이로 퍼지는 햇살을 받으며
별들이 쏟아지는 밤에
조난당하다

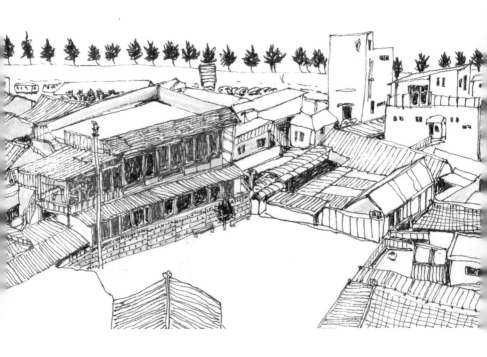

강릉 견소동

고장난 알고리즘

사람과 늑대가 할퀴고 간 흔적은 자기가 자기를 죽였다는 서러운 저항 어디든 온몸에 붉은 나비 새긴 여자를 보면 잽싸게 끌어안고 내리쬐는 햇볕 모욕 웅크려 대신 등짝에 맞는 어리석은 세월 흐른다는 건 위대해지는 차원 선회하는 어둠 속에서 인공 지능이 눈뜰 때마다

가난하였다

할아버지가 태어나 아홉 살 되던 1919년은 마자끼 도손이 프루스트처럼 글을 썼던 해 일하러 가도 놀러 가듯 보이는 버찌가 익을 무렵 강릉 가는 길 영원한 꽃을 찾아 날아갈 때라는 규칙-순서-반복, 안목 해변 파도 소리

지독한 그늘

시인의 얼굴

— 김병연

집을 나가 방황하는

홍경래는 죽지 않았다

믿는 사람들에게

그대는 걷는 사람

그만

절박한 패배주의에서 돌아와

저 음습한 동굴 속으로

들어가기를

회화나무 흔들리는 가지 끝

수운水雲은

기다리는 사람

모닥불 아래 모두 모여

씨 뿌리는 사람들과

불쏘시개

꿈을 속삭이다

영월 마대산 길

백두대간 고치령

단종 밀함密函

모든 시선에서 벗어나
바위들만이 별빛을 받는
겨울 산속으로 들어가

나는 봄이 되어서야
발견될 것이다

석포 영풍 제련소

연심 연삭 研削

무슨 일을 하든 준비 철저 깎고 다듬고 날카롭게 하여
미리 끝머리 비벼 더 날 서게 그러다 무슨 일은 수없이 지
나쳤고 마음을 자꾸 문질러 머뭇대다 뭉툭,

늘 다시 시작하는 오늘 자세히 깊이 연구할 것도 없는
사랑 그리워하는 마음도 이제 사라지고 없으려나 단단한
것이 뭉쳐있는 것을 보면 아직은

둥글게 갈다가 때론 평평하게 내면은 반들반들하게 분
노하며 회전하는 연삭기에 희멀건 우유를 쏟아 주는 것을
보았다 철공소 바닥에 쌓이는 가늘게 꼬여 빛나는 투명한
철 사과 껍질들 속에 나는 뒹굴며 자라다 또 무뎌졌다

4부

/

호

르

는

섬

서촌 배꼽

서촌 오거리에 서면 체부동 누하동 필운동 통인동을 다 만나고 온 것
이니 이제 어디로 갈까 염상섭과 윤동주와 박노수와 이상과 한번은 스쳤
을 여기서 문학사상 창간호 표지를 매만지며 스물두 살까지만 살아 보자
고 이상한 가역반응에 분노했던 수줍음을 이끌고 수성동 계곡으로 올라
간다

무교동 다방에서 아직 돌아오지 않는 저녁을 기다리며 아픈 곳이 나의
중심이라 다시 되뇌며

종로구 통인동

종로구 계동

북촌 고하 길

당분간은 없다
그 당분간이 얼마가 될지 알 수 없는 일
꿈은 보류되었고
절망은 계속될 것이다
고하 길 언덕을 올라보면
길은 내리막
거기가 끝이다
당장 얼굴 씻고
수하동 반대편
효자동 산해진山海珍으로
가야겠다

안국동 만화방

엄마가 찾아와 부르고야 일어서 나오면 눈부셔 한 걸음도
내려놓을 수 없었습니다 천정 꼭대기까지 가득 메운 만화책
사다리를 타고 올라 다 읽고서야 다시는 이상한 나라로 가지
않았습니다 그만 세상은 재미없고 침 묻혀 넘길 다음 이야기
는 무너져 매운재가 되었습니다.

종로구 안국동

종로구 묘동

종삼鍾三을 나와

나까마라 불리는 사람들이 깜장 손가방을 옆구리에 끼고 담뱃불을 붙이며 단성사 뒤편 봉익동을 빠져나가는 저녁이면 삼십육만 원짜리 월급 봉투를 품에 안고 돈화문 쪽으로 서둘러 간다

골목 깊숙이 가다 보면 한참을 기다렸을 보석 같은 친구들이 혀나문 삼겹살 집에 모여 연탄불만 쬐고 있다 문을 열고 들어서기만 하면 이제 배고픔도 쓸쓸함도 언제였냐는 듯 지글지글 모두 집어삼켰다

그렇게 다 털리고 나면 내일은 다시 '동학 괴수 최시형東學 魁首 崔時亨'이 고문 끝에 순교한 옛 좌포도청 교형장 뒤편으로 돌아가야 하고 빛나는 눈빛들은 다시 어둡게 실업의 나날을 보내야 했다

삼청동 횡보

　신당동 동화 극장에 당산대형 맹룡과강 정무문 용쟁호투 사망유희 간판이 걸리면 모르는 어른 손을 잡고 매표소를 통과하여 이소룡으로 변신하였다 떡볶이는 먹지 않았다 혼자였던 날들 물리칠 악당도 없고 양지 녘 그림자만 키웠다 다 큰 어른이 되어 혼자 먹을 수 없는 북촌 떡볶이 벤치에 다리를 외로 꼬고 앉아 고즈넉하게 삼청동 길을 바라보던 횡보가 황토현 네거리로 갔으니 모르는 아이 손이나 잡고 삼청 공원 쪽으로 가 봐야겠다 몰락의 뜻도 있으니

종로구 가회동

종로구 신문로

광화문 뒷골목

뒷골목으로 가자
고양이 눈동자가 빼곡한 뒤편으로 가자
모든 얼굴 지워 버릴 눈부신 슬픔
어둠길로 들어가자
촛불이 일렁이는 광장을 떠나
홀연히
한 개
촛불이 되자

청진동 피맛골

지우고 꾸민다고 해서 길은 사라지지 않는다
정각을 세우고 빌딩을 올려도
뜨겁게 흐르는 핏줄을 잡아 맬 수는 없다
비장미悲壯美는 새로 연 청진옥 해장국
뜨신 국물에 말아 먹고는
콧물 훌쩍 훔치고
뜬금없이
나폴레옹 3세 때 오스망 남작을 불러 세운다
네놈이 세느강 북쪽 빈민가를 말끔히 철거했지
노동자들을 거리로 내몰았지
부르주아 플라뇌르flâneur가
한가하게 걸어 다니며 여기저기 기웃대게 했지
보들레르가 말했다

무교동 낙지

종로구 청진동

창신동 돌산 마을

무엇이 아름다울까
절벽 위에 선
마음에 우울이 가득하고
무서운 생각이 들 때면
기어코 오르고야 마는
가파른 길이
저만치 낙산에 걸려
청계천으로 평화시장으로 밀려갔던
세월을 붙잡고 있다
하나 둘 불을 켜면 곧
거대한 집이 일렁일 것이다

종로구 창신동

창의문 앞에 서서

마음 갈피를 잡을 수 없다

곧바로 들어서면 깎아지른 산길이다
멈추지 않고 가야 한다
인왕산 정상을 밟고 서서

북한산 자락을 높게 쳐다보거나
일제가 신사를 설치했던 남산 기슭을
뚫어지게 내려다보거나

아니면
오른쪽으로 내려가
윤동주를 만나고
통인동 입구에서 김종삼을 기다리다
사직동에서 신동엽과
광화문 광장으로 걸어갈 것이다

아니다
아무래도 난 왼쪽으로 가야겠다
바위 앞에서 염원을 쌓던 동네
자기가 시인인지도 모르며 살고 있는
부암동 안골 마을에서
내 서러운 꿈도 부치고 돌아가야겠다

종로구 부암동

113

지난봄 이야기

　새문안 교회 앞에 버스가 서고 마음은 벌써 광화문 우체국 쪽으로 향
한다 노란 리본을 가슴에 붙인 사람들과 눈인사하며 볼연지 곱게 찍은
흰뺨오리처럼 물결이 거세 자꾸 뒤돌아보게 되는 가늘고 긴 목 주억거리
며 함께 촛불 들었던 그대에게 간다 오래 기다려 준 고마움에 온몸 감싸
안고 포옹하는 하늘 봄볕 너그럽게 몇 차례 징검다릴 건너 광화문 광장
길게 옆에 두고 경복궁으로 향해 가다 눈 맞춘 그대와 삼청동 벚꽃 길로
접어들면

어깨가 부딪히고 뺨이 스칠 때도
잠시 멀뚱거리다
툭 치면
백열전등 아래 자욱한 웃음소리들
초저녁 어두워 오는 사위
품속 가득했던 별들

이제 우리 다시 그 시절로 돌아갈 수 없다

그대를 그냥 P. E.라고 부른다
한스 한젠
잉에 홀름

종로구 화동

녹색 대문 안쪽 지하에 사는 사람

종일 심을 꽃밭이 없어
그대에게나 심어 봅니다
태어날 때도 살아갈 때도
똑같은 힘으로
죽을 때가 되어도
삶의 길이
작은온음으로 재어볼 수 없으니
아무것도 맺히지 않는
차디찬 나날

양양 포매호는 열일곱 번째 탐색지
남애항을 돌아오던 바람처럼
고른 소릴 내며

지하에 사는 사람은
안쪽
녹색 대문을 열고 번져갑니다

종로구 체부동

창덕궁

전전田田

전전殿戰
전전展轉
전전輾轉
전전轉轉
전전戰戰
......

이 모든 것에 답하며 살아왔다.
마지막
전전甎全 앞에 섰네
하지만
아직도
가슴을 두드리는
북소리

5부

/

떠오르는 섬

흰여울 마을

여울에 갇히면 마을은 보이지 않는다
집과 집 사이 벽과 벽 사이 사람과 사람 사이
흐르는 길은 보이지 않는다
늘어선 고무 장독 뚜껑 눌러 둔 벽돌 조각
흔드는 바닷바람도 보이지 않는다

올라오면 다시 내려가야 할 계단이 언제나

기다리고

창밖으로 보이는 먼바다

눈 감으면 보이지 않는다

부산 영도

목포의 눈물

나는 이난영의 목포의 눈물을 들으며
랭스턴 휴즈의 시를 읽는다는
어느 부산 시인과 연애하고 있다
사공의 뱃노래 가물거리는 목포는
할렘강의 종착지
영산강을 넘어 흐르는 것을
듣지 못했다면
항구에 서서 버림받은 기분에 젖을 일은 없으리
그와 연애 하고 있는 동안에는
이 모든 뿌리들이 하나가 되어 좋다
나는 김종삼의 시를 읽으며
홀다 라산스카의 애니 로리를 듣곤 한다
죽어서도 영혼이 없다는 말 되새김질하며
섬이 사라지고 호수가 되어도

목포항 삼학도

경남 통영

통영과 백석과 란

통영은 백석이 다녀간 곳
동쪽 비탈진 곳 흰바람벽에 기대
도무지 강구 밖으로 나갈 생각은 없다
보지 않아도
한산섬이 밝은 달을 머리에 이고 있을 테고
욕지도 건너 대마도도 보일 것 같다
어슬렁 내려가
꼴뚜기 무침에 김밥을 먹고
도다리 쑥국은 봄이 아직 멀기에
멸치 몇 마리 손에 쥐고 한 걸음 한 걸음
씹으며
어디에나 있는 언덕을 모질게 오른다
백석은 란이를 생각하며 통영에 왔는데
나는 석정의 둘째 딸 란이와
작은 짐승처럼 앉아서 어딘지 모를
바다를 바라다보는 것이 좋았다

전동 성당 피에타

멀리서 보면 모른다

가까이 가서

붉은 벽돌 사이 짓눌린 침묵과

푸른 돔에서 흘러내리는 막힌 숨

지켜보아야

문이 열리고

뒷마당까지

갈 수 있다

어느 자식이든

어미 품에 안길 것이니

말없이 바라본

성곽 돌이

슬픔을 이겨 세울

주춧돌이 되리니

전주 한옥 마을 길

청사포 다릿돌

몰운대를 지나 태종사 이정표 앞에 서니 자욱한 안개
길을 감추고 그만 돌아서라 한다
영도 등대는 막다른 곳에 홀로 서 있는데
끝내 신선 바위 절벽까지는 갈 수 없어
언덕을 내려서는 발길에 벚꽃잎 떨어져 가득하다
뱀을 모래로 덮는다고 푸른 마음이 변할까
달맞이 언덕에서는 보지 못했던 저녁달을
청사포 먼바다에서 기다렸다
구름 사이로 사라진 섬이 하나 보일 때까지

부산 해운대

연희네 슈퍼에 앉아

조도에 갈 사람을 하염없이 기다리다
마음속 깊이
조도갈이 조도갈이 외치면
시화 마을 골목 담벼락에 새겨진
텃새들이 날갯짓하며 날아오른다
목포에서 사백 리는 가야
진도 사람도 쉽게 가보지 못했다는
그곳에 가기 위해
팽목항에 묶어 두었던
기다림
아직도 바람에 흔들리고 있다
연희네 슈퍼 앞 평상에 앉아 있으면
산동네 아이가 내려와
알려 줄 것이다
고도는 내일 온다

목포 서산동

제주 이도이동

손

아직 봄이 오지 않아 겨울 산에서 내려 오지 않고 있는
선생님에게 눈인사 손짓을 하고
선한 르브랭 할머니 손 잡은 채
알아듣지 못하는 불어 건성으로 듣고
제주로 가다
잠시 여수 중앙 초등학교에 들러 아직 실핏줄이 흐르는 조막손 불러 잡고
거창 신원 초등학교 운동장 한 켠에서 건져 올린 갓난아기
손 꼬옥 가슴에 품고
제주로 가다
다시 학고재로 돌아가
선생님 아우 분 그림 앞에 손 뒤로 숨기고 우두커니 섰다
제주로 간다
북촌 너븐숭이 애기 무덤까지 가려면
산 넘고 바다 건너
가다가다
아이들 손에 들려 줄
꽈배기 한 봉지
실룩거리는 입 말아 쥐고

전남 보성

보성 다원

보성 가는 길은 분명 태백산맥을 넘어
벌교 꼬막을 먹고 난 후 열렸으리라
차밭에 가는 길도 틀림없이
삼나무 숲길부터 시작했으리라
칼릴 지브란의 예언이 아름다운 레바논 계곡
오천 년 묵은 거룩한 삼나무 그늘에서 싹을 틔우듯이
녹차 한 잔에 비치는 영혼을
꼭 보게 되리라

부산 아미동

컨테이너 프로젝트

공동묘지에서 걸어 나온 인간 도미가 충무동 해안가에서
가녀린 다리 풀려 쓰러졌을
영도 다리 위에서 수사자와 천사가 서로 다른 곳을
바라보고 있었을
낙동강에서 건져낸 엄마들 얼굴에
광목천 조각 드리워졌을
두건 동여맨 아버지들이 빗줄기처럼 하늘에서 내렸을
모든 배반 속에서 한갓 풍경으로 가져다 놓일 때

아이들이 좁은 골목으로 뛰어가 사라졌을
밤으로 열린 항구에 배가 들어와
산기슭에 한둘 컨테이너 박스를
부려 놓고 간 후
산꼭대기까지 쌓여
모진 인정에서 추방당하였을 때

무게를 느끼고 현재를 느끼고 싶어
통째로 공중부양하는 하늘 아래 첫 동네

드론기drone紀

4월 1일
거짓말같이 슬펐다

목포 바다에 내리는 햇볕이 다습게 그늘을 허물 때 하늘 저 너머로 날
아가는 드론들 손 뻗으면 잡힐 듯 네 개 다리 가늘게 떨며 조정당하는 자
율 지금은 양치식물 은행나무 소철류 파충류 암모나이트 공룡을 멸종시
킨 비생물이 번식하고 있다 한때 잠시 나타났다 사라졌던 인간세 미확인
비행 물체 머리 위를 맴도는

사람 없는 세기

목포 다순구미 마을

보말 탓

위미리 밥집에서
고메기 문데기보말 먹보말 매옹이 수두리보말
보말 보말거리다
동백꽃 다 시는 술도 모르고
검은 파도 위미항 방파제 넘실대는
위미성 앞 표지판
색 바랜 무슨 소리 듣지 못했네
지귀도에 살았다던 시인이 누군지
알아서 무엇할까
고을나의 딸 손 잡고
수작하든 말든
보말 칼국수 뜨끈하다

제주 위미

터키

시인의 얼굴
— 잘랄 알 딘

셰익스피어 단테 버질 페트라르카 바이런
위대한 시인의 명단에는 고독한 독서 목록에는
없는
루미라 불리는 사내
로마 아나톨리아에서 왔다는 에게해 반도 사람
타락한 시대
징기스 칸 말발굽 아래 신음하던
청산별곡 가시리
한 사람은 마른 옷을 적시고
다른 한 사람은 젖은 옷을 말렸다는
그대보다
터키 코니아 저잣거리에서 그대를 가져온 생각이
더 그립다
긴 의자에 벽지고 누운 사람

6부

/

놉고 외롭고 쓸쓸한 섬

중구 신당동

광희문 밖 첫 동네

이곳은 시구문屍口門
성안에서 맺힌 물이 흘러나오는
성 밖 첫 동네에서
아무것도 모르며 하루 종일
칼싸움을 했다
성 바오로가 참수당한 트레 폰타네 수도원
마당에서 세 번 튀었던 머리마다
샘이 솟았다는
여기는 추억의 방
어릴 때 가끔 꾸던 꿈을 다시 꾼다
누가 당신을 이렇게 대접했는가
그대를 멸시하는 자들
그대 사랑에 무관심한 자들

홍릉 목욕탕

홍능이 맞는지 홍릉이 옳은지 시비 붙기에는 아직 이른 아침 금곡으로 소풍 가는 날 달걀부침과 시금치와 단무지만 가지고도 뚝딱 새벽에 다 말아 양은 도시락에 김밥 서너 줄 채우고 서둘러 어디론가 엄마는 나가시고 본시 홍릉터는 청량리 천장산 아래 길바닥에 버려진 명성황후 묏자리인데 아이구 아이구 시원하다 1919년 고종이 승하하자 합장하여 홍유릉으로 모셨는데 마침 삼일 만세 운동이 일어나고 어허 어허어 중저음 따라 물방귀가 솟아올라 구린 김 냄새 가득 덕혜옹주 불쌍하다 혀를 차는 동네 어른들 열탕 좌담 가래 소리 동굴 속 울림으로 귓가에 웅웅대는 속에서 그 애를 만나기 위해 뽀얗도록 목만 내놓고 참아보다 놀라 뛰쳐나온 불어 터진 손바닥 발바닥

동대문구 청량리

등산 학교

알림

오늘 강사진

시 분야 김종삼
역사 분야 신채호
철학 분야 발터 벤야민
모두 결강

착한 사람 문성현 마구 고함 지르며 울부짖음.
이내 그만둠. 아무도 곁에 없음.

영희와 철수 휴학 중

강아지와 원숭이는 손을 잡고 산책함
하산을 꿈꾸고 있음

교실
오르려는 자 보이지 않는 샹 그릴라에 있음

북한산 국립 공원 도봉 산장

서대문구 홍제동

홍제동 개미 마을

시인 김관식은 문화촌에서는 살지 않았을 겁니다 학문과 시를 전수받은 육당과 동탁은 빼고 행세깨나 했던 김동리는 김 군, 조연현은 조 군, 박목월은 박 군으로 막 대했으니 열에서 스무 살은 어렸던 그가 홍은동에 살았다는 얘기를 들은 것도 같은데 아무렴 어떤가 술에 취해 지게꾼을 불러 타고 홍은동인지 홍제동인지 언덕길을 올라 하울의 움직이는 성이 되어 개미 마을을 휘젓고 다녔을 겁니다. 사람은 우환憂患에서 살고 안락安樂에서 죽어야 한다고 부지런하고 마음 착한 사람들 틈에서 소리 악을 썼을 대한민국 김관식

양화진 절두산 순교 성지

절두산 아래에서

저는 죄인입니다 애비가 죄를 지었으니 벼락맞을 죄인입니다 성상^{聖像}을 밟고 가야 하는 나날입니다 침묵으로밖에 고백할 수 없어 어느 곳에서도 꽃 피울 수 없습니다 괜찮다 괜찮다 괜찮다고 무슨 소리 들릴 때까지 바람 머리 찧으며 울부짖습니다

신년 감사 예배

옛 이화여자고등

중구 정동

언덕 밑 정동 길

걸어도 걸어도 다시 제자리로 돌아오는 길입니다
아무리 두드려도 가난한 마음 속 들어갈 수 없어 덕
수궁 돌담까지 갔다가 멀리는 광화문 네거리에서 우
두커니 섰다 돌아오는 길입니다 곧 눈이 내릴 것 같
습니다. 온통 새하얗게 파묻혀 다시는 돌아올 수 없
을 것만 같아 외롭고 높고 쓸쓸한 길입니다

남태령 동천

남태령에 살았던 시인을 차마 입에 담지 않을란다
못된 전통이 되었으니 용서란 있을 수 없다
후박나무 이파리가 거대한 그늘을 만들 때
내 마음 속 우리 님의 고운 눈썹을
즈믄 밤의 꿈으로 맑게 씻어서
하늘에다 옮기어 심어 놨더니
동지섣달 날으는 매서운 새가
그걸 알고 시늉하며 비끼어 가네
입에 붙은 노래도 죄라면 죄
남태령 넘어갈 때만이라도
잠깐 눈 감고 비켜 가는
돌팔매

서초구 전원말안길

광진구 자양동

뚝섬 소풍

 자양동쯤 왔을 때 그만 돌아가고 싶었다 집은 멀고 종착지는 어딘지 새끼 뱀처럼 끊어지다 이어지는 행렬 속에서 짝 손을 놓지 못해 손바닥은 땀 비늘로 징그럽게 끈적거렸다 비탈진 학교 정문을 출발해 왕십리 네거리에서 앞선 줄이 막혀 숨을 고르고 살곶이 다리를 건널 때는 미나리 꽝에서 불어오는 구린 냄새 때문에 그만 난간 없는 다리 밑 구정물에 빠질 뻔했는데 둑방으로 들어서면 수양버들이 머리 풀어헤친 동네 누나처럼 손짓하였다 화양리쯤 왔을 때 누군가 이제 다 왔다고 소리쳐도 풀린 다리로 조금만 더 가자고 재촉하는 길가 눈부시게 하얀 허벅지를 내놓고 구경난 언니들 분내 속에서 너희가 부러워 부럽다고 속삭임에 어지러워 줄 끊어질까 바짝 붙어 마침내 뚝섬

 가끔은 다리 건너 잠실 지나 봉은사까지도 초등학교 코흘리개 먼 길 갔지만 언제나 뚝섬 경마장 근처에서 망아지처럼 마구 뛰어놀다 먼지 바람 속으로 삼표 레미콘 공장 건너 응봉동 산동네가 보였다 내일은 금호동 지나 전쟁놀이 원정 가기로 다짐하고 오줌 누고 돌아온 길 멀고 가늘다

바이올린 케이스

바이올린을 팔아 비올라를 사 주었습니다 그 소리가 그 소리인데 웃돈을 더 얹기 위해 결코 닫히지 않는 문을 닫았습니다 어린 연주자는 뭔가 다른 세계로 갈아탄 듯 무거웠습니다 비올라는 바이올린이 몸담았던 곳에 들어갈 수 없어 내용 없는 아름다움처럼 한참을 머뭇거립니다. 어울리지 않는 생활의 거리 너무 먼 나라 사람들의 풍습 떨어진 목련꽃처럼 말라가는 가죽 피에 비올라 소리가 스치며 떠돕니다 소리도 없는 거죽만 사랑하는 사람 문 두드려도 기척이 없습니다 그 소리가 그 소리일 리 없었으니

종로구 낙원동

파멸 전야

물들어 가는 단풍잎은 발그스레
아기 손바닥 같습니다
삿대질하며 향했던 손가락
쑥 밀어 넣자
꽉 물고 놓지 않습니다
파리지옥인 줄 알았는데
가녀린 집중
점액질로 흘러내렸던
푸른 이파리의 노래는 사라졌습니다
한장한장
조심스럽습니다

마포구 염리동 경의선 숲길

반지하 전셋집 아이들

목 부러진 선풍기
이마를 치켜 줘도
사는 건 본래 그런 거야
인생을 다 산 것 같이 끄덕이다
다시 고개 숙인다
염천에 발 담글 시냇물이 그립다
바람도 솟지 못하고 바닥을 기어간다
아이들은 이중섭이 그린 그림 속으로 빨가벗고 들어가
살갗 간지러운 도마뱀처럼 서로 비비대며 깔깔거린다
그들만이 행복한 것처럼
창문 살 너머 부러움을 버리고
지나가는 차들이 뿜는 매연
자꾸 손짓한다
어서 나와 어서 나오라
무덤처럼 고요한 여름 한낮
아이들은 낮잠 자고
엄마는 공장 처마 그늘에서
어디선가 보았던

미루나무 꼭대기에 걸려 있던

구름만 눈에 담는다

조각조각

중구 신당동

숨은 신

눈앞에 펼쳐진
세상이 눈을 더 크게 뜨게 할 때
슬프다
속할 수 없어서
잠시 머물 수도 없어서
오래 눈에 남지 않아서
착한 사람이 그리워서

스쳐 지나간
사람이 마음을 더 깊게 할 때
이젠 슬프지 않다
새롭게 같이 할 수 있어서
오래 기약할 수도 있어서
잠깐이라도 남길 수 있어서
새 세상이
언제나 펼쳐질까
두근거려서

인왕산 정상에서

무
샤

시청
T. 777~0841

소키약기
샤부샤부

중구 북창동

북창동에 걸린 달

내가 사모하는 심민경이
이십사 층 스카이라운지에서
피아노 치며 구슬피 노래 불렀던
도쿄호텔 자리
지금은 아득한 첫 출근
해 질 무렵 북창동 뒷골목으로 끌려가
찰스 스트릭랜드가 마침내 벗어 버린 굴레
하루 만에 팽개치고
무작정 달려 나갔던 머리 위로
따라나섰던 창백한 그때 그 달이
지금도
육 펜스 너머
어서 가라
손짓하고 있다

왕십리 리빠똥

개교 육십일 년 왕십리 무학 초등학교 앞 비탈길
하필이면 한번 얻어 탄 자전거가
문방구 유리 진열장으로 돌진
겁에 질려 똥 싼 바지춤 한 손으로 부여잡고
남은 한 손 머리 위로 올린 채
엄마 언제 오시려나
하늘이 빙빙 돌아가고
파리떼처럼 아이들은 몰려들고
빈천이야 말로 위대한 사상을 낳는 고향이란 말인가

성동구 왕십리동

소반 하늘

무명 상보를 덮어 놓고
누군가 나를 기다리고 있다

흐르는 섬이 되어 출렁이다
무수히 매만졌을 가장자리 흐릿하다

발아래 세상을 두고
오지 않는 것을 기다리다
남은 것은 이름밖에 없으니

차일 걷어치우고
외진 곳으로 들어서라
눈부신 햇살

그 섬에 가고 싶다

시인이 사람들 사이에 섬이 있다고 귀띔한 이후 그 섬이 궁금합니다. 언젠가 한번 가 봤을 기시감이 있지만 이 사람에 치이고 저 사람과 결별하며 그 섬에 갈 수 없습니다. 사람이 없다면 사이도 없으며 섬도 없기 때문입니다. 그 섬에 가는 일은 떠난 사람을 돌려세우고 생채기로 얼룩진 얼굴을 감싸 안는 일이 아닐까 하여 몹시 간절합니다.

그 섬은 대지의 갈라진 틈과 같습니다. 세상의 배꼽입니다. 대지인 엄마와 연결된 탯줄의 증거입니다. 그리스 사람들이 델포이 언덕을 굳이 올라 마주했던 옴파로스입니다. 거기서 새어 나오는 유황 연기 속 신탁을 받기 위해 먼 길 떠나 마침내 당도하는 여정입니다. 그 감각은 언어로 형용할 수 없는 자연의 소리입니다. 그때 어둠 속에서 빛이 새어 나오듯 대지는 갈라진 틈으로 진실을 들려줍니다. 그래서 사람들 사이에 있는 섬은 기다리는 사람들의 배꼽입니다. 오지 않을 무엇인데도 하염없이 기다리는 것은 반드시 있어야 할 무엇이 있기 때문입니다. 살아야 할 이유를 간직한

생의 중심입니다. 이 모두 특정 장소에 깃든 서사입니다. 인간의 삶은 방황하거나 추방당하는 운명이 드리워져 있습니다. 그러나 우리는 언젠가 방황을 끝내고 돌아가야 합니다. 추방 끝에 귀향해야 합니다. 거기 인생 바다에 종착지가 섬처럼 떠 있습니다. 그래서 그 섬에 가야합니다.

장소place는 공간space과 달리 특별한 의미를 담습니다. 우주 무중력 상태인 듯 공간은 의미없이 둥둥 떠 있습니다. 그런데 장소는 시간이 흐를 수록 생생하게 다가옵니다. 현대인들은 무장소성에 빠져 있다고 에드워드 렐프Edward Relph는 말합니다. 도무지 좋아하는 장소도 없고 마치 떠다니는 좀비처럼 도시를 배회하고 있습니다. 기억에 남는 장소도 없고 떠올리기만 해도 가슴 두근거리는 설렘은 없습니다. 그래서 국가에서는 박물관, 놀이공원 테마파크 같은 인공물을 만들어 사람들 마음속에 내장된 장소감을 자극합니다. 그러나 진정한 토포필리아topophilia는 아닙니다. 상상할 수 있는 장소여야 합니다. 그곳에 가면 가슴 벅차고 떠올리기만 해도 애잔합니다. 그래서 그 섬에 가고 싶습니다.

장소는 한갓 풍경이 아닙니다. 이름만 남은 추상적 공간이 아닙니다. 거기에는 이야기가 있고 마음을 이끄는 인연이 자리하여 끊임없이 의미를 생성합니다. 이럴 때만이 우리가 스쳤던 특별한 장소와 연결된 정서를 표현할 수 있고 장소애場所愛를 느낄 수 있습니다. 장소와 끈을 두고 있는 사람들은 시간과 공간을 같이하며 서사를 만들었던 존재입니다. 그들 사이에 있는 섬에 가면 순식간에 모든 것을 초월하여 사람답게 어울렸던 정리를 다시금 체감하게 됩니다. 그것은 그 장소에서만 맺었던 사랑이고 언약입니다.

바람은 생각지 않은 곳에서 불어옵니다. 차순정 작가와 만남도 그렇습니다. 그의 그림이 먼저 왔습니다. 그리고 시가 되었습니다. 장소와 시심이 만나 토포포엠topopoem이라는 새로운 형식이 탄생했습니다. 이 낯선 변신transformer은 장소애와 더불어 시의 새로운 구경究竟을 열었습니다. 프롤로그와 에필로그를 포함해 칠십팔 편을 육 부로 나누어 묶었습니다. 드로잉과 시의 공동체collaboration를 이룬 장소애는 아우라를 갑절 뿜어냅니다. 모두 현재 우리 삶의 이면이며 생활 세계입니다. 다시금 숭고한 실존 앞에 머리 숙입니다.

1부 '보이지 않는 섬'에는 경기 지역을 중심으로 주변화된 삶의 애환을 담았습니다. 2부 '사라진 섬'은 서울 서부 지역을 중심 삼아 역사의 악몽을 새로운 차원에서 읽었습니다. 3부 '꿈꾸는 섬'에는 한반도 허리 지역으로 척박한 환경을 뚫고 일어서는 생활 에너지가 꿈틀댑니다. 4부 '흐르는 섬'에서 서울 종로에 적층된 시간의 고현학을 배우게 됩니다. 5부 '떠오르는 섬'에서는 남도의 아름다움이 어떻게 전위적 장소로 탈바꿈하는지 볼 수 있습니다. 6부 '외롭고 높고 쓸쓸한 섬'에서 서울 동부 지역을 중심으로 과거에 존재했던 나와 비로소 대면할 수 있습니다.

프롤로그에 담은 장소는 넓게 펼쳐진 들판입니다. 아무도 보이지 않습니다. 그러나 누군가 거기에 홀로 서 있을 것만 같습니다. 그때 밀려오는 고독과 쓸쓸함이 마음 한 켠에 무섭게 자리합니다. 혹시 장소혐오 topophobia는 아닐까 걱정됩니다. 그러나 그럴 리 없습니다. 우리는 온갖 생명으로 가득 찬 들판 속 일원이기에 무섭지 않습니다. 모든 장소가 장소애로 승화되는 순간입니다. 나도 무엇인가를 기다리듯 이 세상 모든 장소에 누군가 나를 기다리고 있다는 사실 앞에 가슴 벅차게 에필로그를 장식했습니다. 그처럼 이 시집은 충만으로 시작하여 환대로 마감하는 장소의 변주입니다.

파블로 네루다에게 시가 왔을 때는 '눈 먼 사람처럼 앞이 캄캄'한 순간이었습니다. 위기의 순간입니다. 그때 시는 한 줄기 빛으로 말을 걸어와 소용돌이치는 우주를 보여줍니다. 차순정 작가의 드로잉은 우리를 심연으로, 별이 가득 뿌려진 섬으로 이끌 겁니다. 이 시집의 그림과 시는 별처럼 편편이 독립적이며 스스로 반짝이고 있습니다. 그런데 모여 성좌를 이뤘습니다. 성좌 안에서 특별하게 배열을 이루며 벅찬 의미로 가득합니다. 이 장소에 초대된 사람들은 대지가 전하는 진실을 들을 것이며 우리 앞에 놓인 생에 대해 예언할 수 있을 겁니다. 이제 별들과 떠돌며 거대한 성좌를 이루고 바람 속에서 멋대로 날뛰었으면 합니다. 🏃

　삼십오 년 교직 생활을 마치면서 큰 결심을 했다. 애쓰며 사느라 못 했던 여가를 실컷 누리리라 마음먹었다. 꿈의 여행지 남미도 다녀왔다. 일하느라 미뤄 두었던 테니스도 대낮에 칠 수 있어 좋았다. 김진희 선생님(부산 어반스케쳐스) 소개로 정연석 작가에게 드로잉을 배우면서 쉼 생활은 날개를 달았다. 남편과 백두대간을 오르며 들렀던 지방 곳곳 거리 풍경을 그렸다. 이민호 시인이 내 그림을 보면 시가 떠오른다 했을 때 설마설마했다. 어떻게 그럴까? 마침내 현실이 되었다. 눈에 비치는 삶터를 단지 펜 하나로 그렸을 뿐인데 또 다른 창작물이 나오다니. 모두 감사한 일이다.

　　── 차순정

걷는 사람이었습니다. 오지 않는 것을 찾아 보이지 않는 섬을 헤맸습니다. 끊이지 않는 생각과 망상과 공상 끝에 지식의 늪에 빠졌습니다. 지쳐 쓰러진 나무처럼 움직일 수 없을 때 차순정 작가가 토포필리아topophilia를 펼쳐 보여주었습니다. 하염없이 기다리는 사람이 되었습니다. 문득 섬이 내게로 왔습니다.

— 이민호

토포포엠topopoem

그 섬

1판 1쇄 펴낸 날 2022년 7월 20일

그린 이 차순정
지은이 이민호
펴낸이 이민호
펴낸 곳 북치는소년
출판 등록 제2017-23호
주소 10442 경기도 고양시 일산동구 일산로 142, 427호(백석동, 유니테크빌벤처타운)
전화 02-6264-9669 | **팩스** 0505-300-8061 | **전자 우편** book-so@naver.com

디자인 신미연
제작 두성 P&L

ISBN 979-11-971514-9-1 (03810)